LE
COUP DE PISTOLET

CHARGÉ A POUDRE

Dialogue

ENTRE UN VIEUX CLASSIQUE

ET UN JEUNE ROMANTIQUE,

PAR

L'ERMITE EN RUSSIE.

PARIS,

DÉNAIN, ÉDITEUR,

Acquéreur du Fonds de Détail de A. Dupont et Cie,

RUE VIVIENNE, N. 16.

1829

Imprimerie de J. Tastu, rue de Vaugirard, n. 36.

LE
COUP DE PISTOLET
CHARGÉ A POUDRE

Dialogue

ENTRE UN VIEUX CLASSIQUE
ET UN JEUNE ROMANTIQUE,

PAR

L'ERMITE EN RUSSIE.

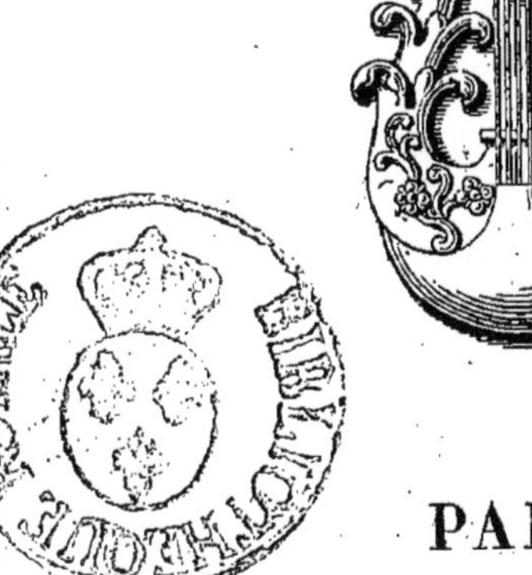

PARIS
DÉNAIN, ÉDITEUR,
Acquéreur du Fonds de détail de A. Dupont et Cie,
RUE VIVIENNE, N° 16.
1829

✽

Quoi! encore des vers? nous dira-t-on. Pourquoi pas, si ceux que nous publions sont amusans? Cette boutade anti-romantique est encore un éclair de la bonne gaieté française, qui a presque pour nous l'attrait du fruit défendu. Un célèbre académicien tira un coup de canon sur les poëtes *à vapeurs*, parce qu'il appartient au gros corps d'armée des classiques ; l'Ermite en Russie, qui sert dans les troupes légères de cette même armée, guerrier distrait, oublia même de charger son pistolet à balle. Ce gai badinage récréera tous ceux qui prennent intérêt aux innocens débats de Messieurs les Classiques et Romantiques ; c'est la petite guerre ; c'est une heureuse diversion aux querelles plus sérieuses des journaux, et à celle du côté droit et du côté gauche de nos Chambres.

Le succès remarquable qu'obtient l'ouvrage intitulé *l'Ermite en Russie*, nous encourage à publier cette pièce de vers du même auteur.

LE COUP DE PISTOLET

Chargé à poudre.

*

Monsieur, je vois en vous l'ami de mon vieux père;
Soyez aussi le mien, votre appui tutélaire
Me serait.... — Quel dessein vous amène à Paris?
— Je voudrais m'illustrer, Monsieur, par mes écrits,
Par les accords plaintifs de mon luth romantique :
Je suis de ma nature ultra-mélancolique.
La tristesse m'amuse, et la gaîté m'endort;
Je ne souris, enfin, qu'en pensant à la mort :

Goûtez-vous mon projet ? — Je fais plus, je l'admire,
Allons ! romantisez, j'ai hâte de vous lire ;
Mais pour chanter le deuil, le crime, le malheur,
Je crois que vous avez beaucoup trop de fraîcheur ;
Une santé robuste, et le feu du génie *,
S'étonnent d'être ensemble et manquent d'harmonie.
L'école vous prescrit un air sombre et chagrin,
Le teint blême, l'œil creux, le regard incertain ;
Enfin, Monsieur, il faut se créer un visage
Où l'on puisse entrevoir un abîme, un orage,
Les tempêtes du cœur, les outrages du sort,
Les noirs pressentimens, le désespoir, la mort ! !
Ainsi, ce teint vermeil, cette face arrondie
Nuirait dans les salons à votre poésie ;
De grâce, réduisez ce vulgaire embonpoint,
Je vous avertirai quand vous serez à point.

De mon temps la province était fort routinière,
Vous avez, j'en suis sûr, pâli sur la grammaire !

---

* Un jeune auteur disait très-sérieusement à une dame que, pour
réussir dans le genre romantique, il fallait peu manger, peu dormir, et avoir
le foie légèrement attaqué. (*Note de l'éditeur.*)

— Oui , je puis me flatter d'écrire purement.
— Tant pis ! cela s'appelle écrire faiblement ;
Oubliez la syntaxe et ses poudreux préceptes ;
Ils n'ont plus de crédit sur nos jeunes adeptes :
Par ces lois trop long-temps nous fûmes abusés ,
Enfin l'esprit est libre , et ses fers sont brisés :
Mais il faut enrichir notre langue indigente ,
Quoique pauvre elle est fière , exclusive , arrogante ;
Les hardis fondateurs d'un Parnasse nouveau ,
Nous forgent un langage , et plus riche et plus beau ,
Un style indépendant , audacieux , terrible ,
Qui se prête avec grâce au lugubre , à l'horrible.

Disons-le franchement , Racine a tout gâté
Par beaucoup de fadeur et de timidité ;
De son Iphigénie à la fin on se lasse ,
Et l'auteur de Zaïre est lui-même en disgrâce ;
Schiller est plus français. Chaque chose a son temps ,
A de nouveaux esprits il faut nouveaux talens.

La charte romantique est une dictature
Qui se moque du rythme , et brise la césure ;

Jadis le barbarisme était de mauvais goût ;

C'est à tort, maintenant on le fourre partout.

Qu'au fond de son tombeau, maître Boileau se fâche,

Il est jugé ; Boileau n'était qu'une.... ganache.

Dans son code pédant, il prêche la clarté,

Moi, je soutiens qu'il faut un peu d'obscurité,

Un voile, un demi-jour, une vapeur légère ;

Le style alors devient un secret, un mystère,

Un chiffre impénétrable à l'esprit des lecteurs :

C'est pour les intriguer que nos malins auteurs,

Offrent dans tous les vers échappés de leur griffe

L'attrait d'une charade ou bien d'un logogryphe :

Les OEdipes nombreux des salons de Paris

Ont de quoi s'exercer dans les nouveaux écrits.

Le soir au coin du feu qu'on lise une brochure !

Quel charmant embarras ! quelle aimable torture ! !

L'exorde marche bien, mais au douzième vers

Plus de sens, et voilà vingt têtes à l'envers ;

Cléon de s'écrier : Qu'en pense la comtesse ?

— Moi, je n'y comprends rien, baron, je le confesse.

— Et vous, le gros abbé ? — Je croirais que l'auteur

A voulu nous prouver que Dieu dans sa grandeur....

— Non, ce n'est point cela, réplique un militaire,

Le poëte au bon sens a déclaré la guerre,

Lui-même ici présent nous avoûrait tout bas
Qu'il adore ses vers et ne les comprend pas.
Mon Dieu ! quels pauvres gens pour juger un ouvrage ! !
Des oisifs de Paris qu'importe le suffrage ?
Qu'importe leur dédain, si la postérité
Perce un jour de vos chants la *nébulosité !*

Laissons dans ses erreurs la bonne compagnie
Et poursuivons le cours de notre théorie ;
Parlez-moi sans détour, avez-vous des remords ?
Quelque spectre échappé de l'empire des morts
Vient-il vous lutiner quand tout Paris sommeille?
— Ma conscience est nette, et je dors à merveille.
— Vous dormez ; à dormir, quoi ! vous êtes réduit !
Eh ! Monsieur, les beaux vers sont enfans de la nuit :
Si le ciel vous combla des douceurs de la vie,
Je vous plains, le bonheur est l'écueil du génie ;
De grâce, intriguez-vous pour avoir un chagrin,
Et dans un style amer querellez le destin :
Santé, repos, sommeil, sont anti-poétiques ;
En jouir est ignoble et bon pour les classiques.

Je voudrais en amour vous voir très-malheureux,
Abandonné, trahi par l'objet de vos feux ;
Ou, s'il vous convient mieux, qu'une fièvre brûlante
Menaçât du tombeau cette beauté touchante :
Quel sujet enchanteur qu'une amante au cercueil !
L'amour n'est toléré que lorsqu'il est en deuil.
Vous voyez à quel point, Monsieur, je m'intéresse
A vos succès.... — Calmez cet excès de tendresse ;
Dans vos sinistres vœux vous mettez trop d'ardeur ;
Celle dont les attraits ont subjugué mon cœur
Est fraîche comme *Hébé*.... — Ma foi, tant pis pour elle,
Supposez qu'elle est morte, ou du moins infidèle,
Dans des vers larmoyans proclamez vos douleurs,
Et vous verrez la France avec vous fondre en pleurs :
Point de pleurs, point de vers ; mais c'est peu d'être sombre.
Byron aimait le doute, invoquez sa grande ombre;
C'est notre chef de file, on doit le consulter :
Le doute est admirable, apprenez à douter :
Rien ne plaît au lecteur comme le scepticisme ;
Bien des gens vous diront qu'il mène à l'athéisme.
Évitez ce danger, doutez discrètement ;
Montrez-vous quelquefois catholique fervent,
Cela n'engage à rien, à la page suivante ;
Peignez-nous les combats de votre ame hésitante :

« Que suis-je? où suis-je? où vais-je? et que fais-je ici-bas?
Là-haut que ferons-nous? que ne ferons-nous pas? »
Lors vous vous répondrez, dans un pompeux langage,
Que vous êtes un flot, un débris, un nuage,
Un cauchemar, une ombre, une trace, un zéphir,
Un écho du passé qui prédit l'avenir....
— Arrêtez-vous, Monsieur, quoi! je suis une trace,
Un nuage, un débris; expliquez-vous de grâce.
—Ah! vous êtes surpris; pour comprendre cela
Il vous faut une clef, on vous la donnera.

Puis, sans vous départir des termes du grimoire
Faites subir au ciel un interrogatoire,
Qu'à votre tribunal Dieu même soit cité :
Pourquoi me créa-t-on sans m'avoir consulté?
Le néant à mes vœux sourit plus que la vie....
.... Le néant! repoussons cette coupable envie....
.... Pourquoi la repousser, qui m'oblige à souffrir?....
.... Malheureux! je ne sais ni vivre ni mourir !

Par ces raisonnemens de romantique essence,
On peut embarrasser même la Providence ;

Croyez-moi, placez-vous sur ce terrain mouvant,
Enfin doutez de tout, hors de votre talent.
Mais, pour fuir le danger de la monotonie,
Noyez votre sujet dans des flots d'harmonie ;
Dans chacun de vos vers placez un élément,
Volez à tout propos un astre au firmament,
A la mer ses fureurs, au ruisseau son murmure ;
Osez vous emparer de toute la nature.
Que toujours le lecteur, en face du soleil,
Assiste à son coucher, assiste à son réveil ;
Le soir, inondez-le des rayons de la lune,
De beaucoup d'écrivains elle a fait la fortune !
Mais un poëte adroit qui sait la rajeunir,
Peut même en plein midi la faire intervenir.

Sur ce globe mesquin êtes-vous à la gêne ?
Dans un monde idéal égarez votre veine ;
Par d'étonnans récits frappez votre lecteur,
Sa peur en vous lisant est de n'avoir pas peur ;
Caressez ce penchant ; nos ames sont blasées
Ne les fourvoyez point dans des routes usées ;
Pour être original, pillez les Allemands
Dont un drame en un soir dévore deux cents ans !

En fait d'invention notre muse est tardive,
Et nous péchons surtout par l'imaginative;
Mais l'Angleterre est là, courez d'un vol léger
Choisir des canevas sous un ciel étranger.

Si vos graves sujets manquent de broderie,
Semez-y quelques grains de fantasmagorie,
Prêtez des mots heureux, du trait aux revenans,
De l'esprit aux niais, de la grâce aux brigands.
Vous faut-il des héros tant soit peu sanguinaires?
Pour faire un noble choix visitez les galères,
Un forçat tour à tour vertueux et pervers,
Féroce et langoureux, peut fournir de beaux vers,
C'est le point important, le sentimentalisme
Est la source, le nerf, l'ame du romantisme.
Or, si vous déroulez un forfait à nos yeux,
Excusez le coupable en style harmonieux :
Jadis, l'assassiné, personnage tragique,
Devenait le sujet de la pitié publique;
A la veuve, aux enfans, on prenait intérêt;
Aujourd'hui l'assassin nous offre plus d'attrait,
On le plaint, on s'émeut, on pleure de tendresse,
Le meurtre qu'il commit fut commis par faiblesse;

On dit en soupirant : « Cet homme avait du bon,
Il méritait au plus quelques jours de prison. »
Suivez sur l'échafaud la touchante victime,
Couronnez-la de fleurs dans un adieu sublime !
Sur le bourreau jetez beaucoup de défaveur,
Et d'illégalité taxez son bras vengeur.

Voilà, mon cher Monsieur, voilà les mœurs nouvelles ;
Qu'à ces couleurs du jour vos pinceaux soient fidèles :
Des bagnes, des forçats soyez l'Anacréon,
Teignez d'un peu de sang les ondes du Lignon !
A peu de chose près, telle est la poétique
Des nouveaux chevaliers de l'ordre romantique ;
En suivant ces conseils.... — C'en est assez, je voi
Que Monsieur est railleur, et se moque de moi.
— J'en conviens, pardonnez ce léger badinage,
D'un réel intérêt c'est un franc témoignage ;
Fils de mon vieux ami, je veux vous prémunir
Contre l'écueil fatal où je vous vois courir.
J'ai d'abord emprunté l'arme du ridicule,
En France, un trait malin vaut les flèches d'Hercule.
Maintenant je dois être un peu plus sérieux.
Chez les peuples anciens comme chez nos aïeux

Au plus divin des arts des lois furent prescrites ;
Le goût et la raison posèrent des limites.
Malheur à l'écrivain qui prétend les franchir !
La langue est une reine, on lui doit obéir !
A-t-on vu chez les Grecs une muse homicide
Altérer les accens d'Homère et d'Euripide ?
Quel poëte latin de l'épître aux Pisons
Brava dans ses écrits les austères leçons ?
Avec un noble orgueil les Muses d'Ausonie
Marchèrent sur les pas du chantre d'Herminie !
Voltaire sur Boileau badina quelquefois,
Mais il a respecté ses poétiques lois :
Et vous voulez, Monsieur, novateur téméraire,
Réformer notre langue et notre caractère ;
Ériger notre Pinde en un vaste cercueil,
Changer nos gais refrains en des hymmes de deuil,
Enfin vouer aux pleurs un peuple qui veut rire !
C'est un projet barbare, et qui tient du délire.

J'ai peint quelques travers pour mieux vous démontrer
Que libre de tout frein l'esprit doit s'égarer ;
Non que je veuille ici, censeur âpre et sauvage,
Aux Muses de nos jours refuser tout hommage ;

Mais rampant sur leurs pas , qu'un sot imitateur
Se pare avec orgueil des taches d'un auteur ;
Que dénué de verve et d'images sublimes ,
Il veuille pesamment m'assourdir de ses rimes ,
Je repousse le singe , et ma mauvaise humeur
Du disciple avorté remonte au professeur.

Mon ami , croyez-moi , servez sous la bannière
Qu'illustrèrent Corneille , et Racine ; et Molière !
Tout poëte jaloux d'un durable succès ,
Doit penser , doit écrire et parler en français.

Imprimerie de J. Castu, rue de Vaugirard, n. 36.